Las huellas de los animales

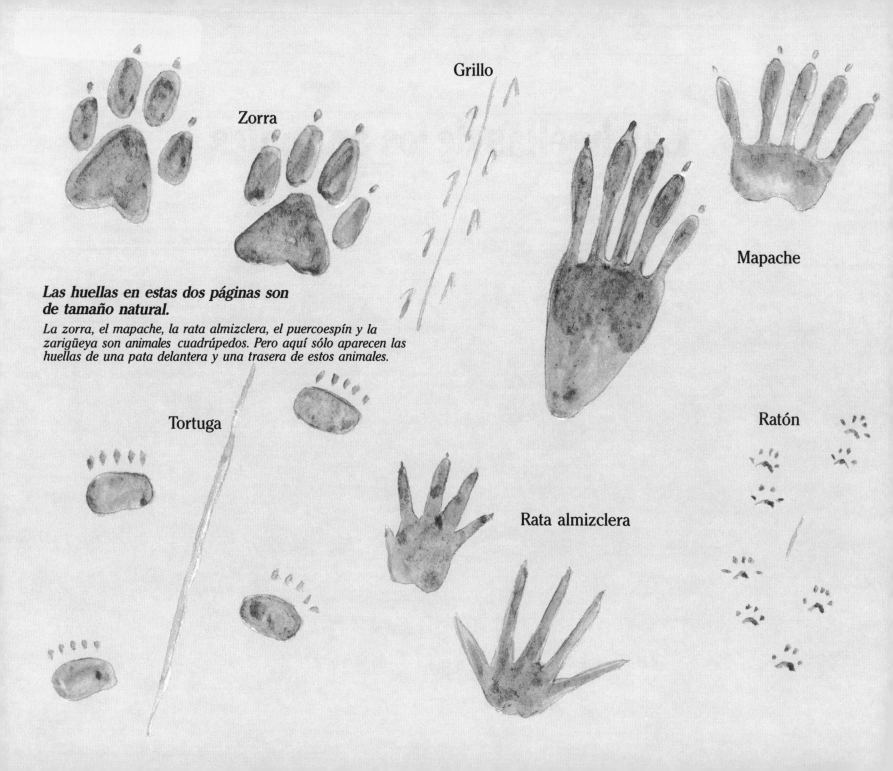

Zorra

Grillo

Mapache

Las huellas en estas dos páginas son de tamaño natural.

La zorra, el mapache, la rata almizclera, el puercoespín y la zarigüeya son animales cuadrúpedos. Pero aquí sólo aparecen las huellas de una pata delantera y una trasera de estos animales.

Tortuga

Ratón

Rata almizclera

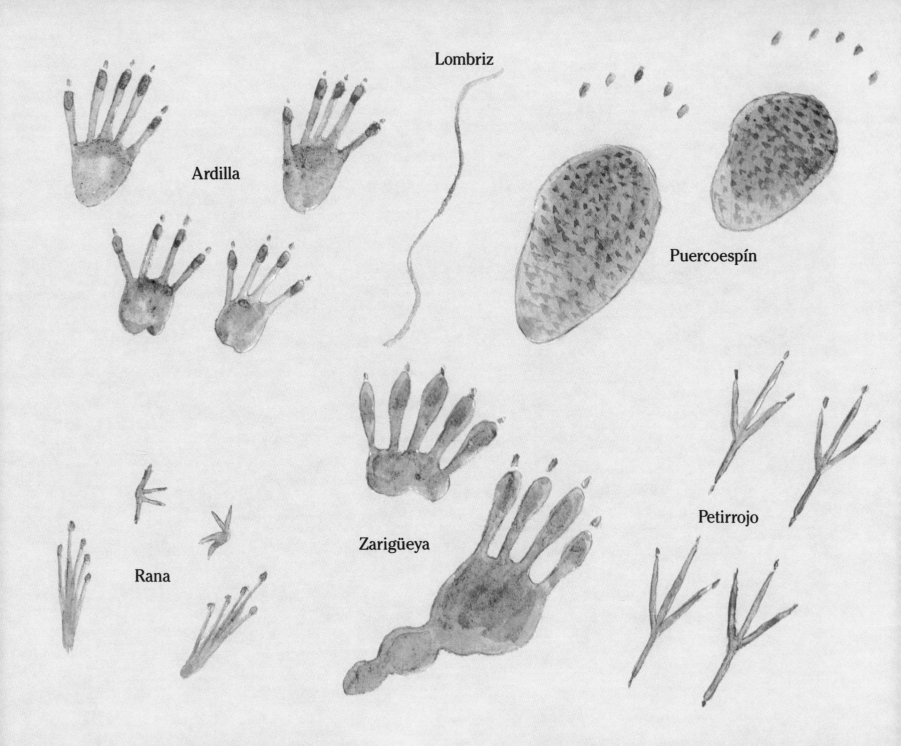

Ardilla

Lombriz

Puercoespín

Rana

Zarigüeya

Petirrojo

Las huellas de los animales

Para Amanda, Lily, Ethan y Alex

Original title: Animal Tracks

No part of this publication may be reproduced in whole or in part, or stored in a retrieval system, or transmitted in any form or by any means, electronic, mechanical, photocopying, recording, or otherwise, without written permission of the publisher. For information regarding permission, write to Scholastic Inc., 730 Broadway, New York, NY 10003.

ISBN 0-590-46847-2

12 11 10 9 8 7 6   9

Printed in the U.S.A   14

First Scholastic printing, July 1993

Original edition, November 1991

Diseñado por Anna DiVito

Las ilustraciones de este libro son pinturas
en acuarela y tinta.

Las huellas de los animales

Escrito e ilustrado por
Arthur Dorros

Traducido por Sandra Marulanda Dorros

SCHOLASTIC INC.
New York   Toronto   London   Auckland   Sydney

Cuando vas al bosque los animales pueden estar escondidos.
Pero puedes reconocer los animales que están en el bosque
con sólo mirar sus huellas.

¿Quién dejó esas huellas en el lodo fresco junto al arroyo?

Un mapache estaba buscando comida.
¡Ten cuidado, cangrejo de río, o serás el desayuno del mapache!

¿Quién dejó huellas desde los juncos hasta el agua?

Una familia de patos salió de su nido en los juncos.

¿Pero quién dejó huellas aún más pequeñas que
las patas de los patitos?

Una rana, al saltar, dejó huellas con sus
patitas delanteras y sus grandes patas traseras.

Una tortuga se está calentando bajo el sol.
¿Quién dejó huellas casi tan grandes como la tortuga?

Un venado fue a beber al arroyo.

Algunas de las huellas no son fáciles de ver.
Cuando un animal pisa en tierra firme, rocas o
plantas puede que no deje huellas, o sólo parte de ellas.

¿Quién asustó al venado y dejó huellas
por toda la orilla del arroyo?

Una zorra persiguió a un conejo por la orilla del arroyo.

Las huellas por donde corrió el conejo están muy separadas.
El conejo dio saltos muy grandes.
El conejo pudo llegar a su casa esta vez.

La zorra mira su reflejo en un charco.
¿De quién serán esas huellas en forma de líneas onduladas
en el lodo alrededor del charco?

Por ahí se desliza una lombriz.
¡Cuidado, lombriz! ¡Cuidado, grillo!
Un pájaro da saltitos en busca de comida.

Por ahí cerca hay un árbol que parece como
si alguien le hubiera dado un mordisco.
¿Quién comerá árboles para el almuerzo?

Un puercoespín comió la corteza del árbol hasta hartarse.
Después se marchó muy despacio.
Los puercoespines no necesitan moverse rápido.
¿Quién se atrevería a molestar a un puercoespín?

El oso negro no molesta al puercoespín.
Está muy entretenido comiendo moras.

Después se restregará y se rascará en su árbol preferido.
Los rasguños muestran que él ha pasado por allí.
Los rasguños que deja el oso se llaman "rastro".

¿Quién dejó otro rastro animal, como esas marcas
de dientes en un árbol caído?

Un castor mordisqueó el árbol para cortarlo.
Los castores arrastran ramas para construir
una madriguera redonda y una represa.
Detrás de la represa hay una laguna donde viven los castores.

¿Quién vive entre las hierbas altas junto a la laguna
de los castores?

Una garza busca pescado para comer.
Las ratas almizcleras están comiendo hierba.
Ellas dejan un rastro: una balsa de hierba masticada
flotando en el agua.

¡*ZAS*! La cola de un castor golpea el agua, advirtiendo peligro.
¿Quién está haciendo esos ruidos crujientes
en el matorral cerca de la laguna?

Un perro corre por el sendero, seguido por tres personas.
Cada persona deja una huella de diferente tamaño.
Hay huellas pequeñas y huellas grandes hechas por pies
pequeños y por pies grandes.

Cerca de un lago hay huellas en la arena hechas por pies descalzos.
En la carretera hay huellas hechas por llantas enlodadas.
Un coche va hacia la ciudad.

En las ciudades también se pueden encontrar
huellas de animales.

Escucha atentamente y busca el rastro de los animales.
En la nieve, en la arena blanda, en el lodo y en los lugares
donde hay polvo se pueden encontrar huellas.

Incluso es posible encontrar huellas de animales que viven en las ciudades, pero que por lo general permanecen escondidos, como los mapaches, las ratas almizcleras, o las zarigüeyas. ¡Una vez hasta se encontraron huellas de puma en un parque de una ciudad!

Aprende a ser detective de huellas. Adivina quién dejó *estas* huellas en el parque de una ciudad.

Así se pueden recoger huellas para mirarlas más tarde:

Moldes de yeso —

Puedes usar yeso blanco o masilla de agua (consíguela en una ferretería; se usa para reparar grietas). Encuentra algunas huellas. Mezcla el polvo y el agua hasta conseguir una consistencia similar al puré de manzana. Cuando ya esté mezclado, viértelo cuidadosamente en las huellas. Déjalo endurecer (de diez a veinte minutos), y entonces retíralo, levantándolo cuidadosamente. Puedes quitarle la tierra enjuagándolo o limpiándolo suavemente con un cepillo de dientes viejo.

Calcando o dibujando —

Si las huellas están secas, coloca un papel de calcar (papel que te deja ver lo que hay debajo) sobre ellas. Después calca o corta alrededor de las huellas. Si las huellas están mojadas (en lodo, arena mojada o nieve) puedes dibujarlas. Si las mides, sabrás mejor el tamaño de las huellas.

 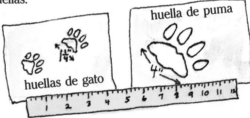

"Trampas" para huellas —

En un terreno seco, sobre un área tan grande como la distancia entre tus brazos extendidos, coloca una capa de harina, polvo de hornear o cualquier otro polvo. Coloca una carnada: nueces, mantequilla de cacahuete, verduras, fruta o pan, en el centro de tu "trampa". Deja la trampa toda la noche, regresa y verás quién ha pasado por allí. Puedes calcar o dibujar las huellas para conservarlas.

Ellen Crandall

A Arthur Dorros, graduado de la Universidad de Wisconsin y de Pacific Oaks College, le gusta escribir e ilustrar libros de ciencia para niños.

El señor Dorros deja sus huellas en Seattle, Washington, junto con su esposa, Sandra, y su hijo, Alex. En la fotografía de arriba, Arthur y Alex Dorros examinan las huellas de un mapache.

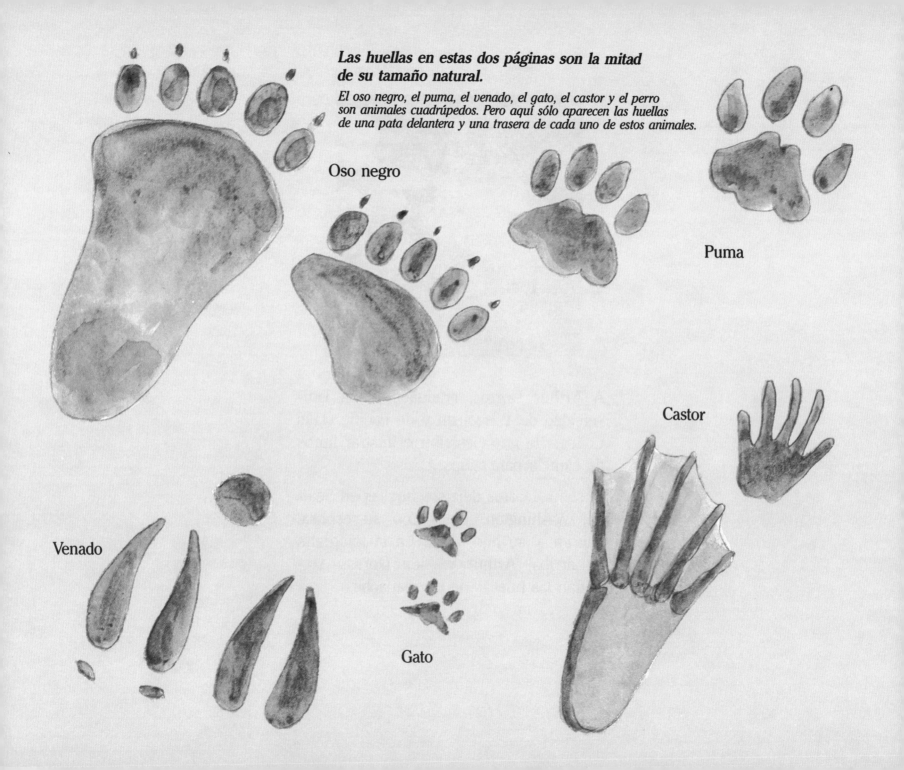

Las huellas en estas dos páginas son la mitad de su tamaño natural.

El oso negro, el puma, el venado, el gato, el castor y el perro son animales cuadrúpedos. Pero aquí sólo aparecen las huellas de una pata delantera y una trasera de cada uno de estos animales.

Oso negro

Puma

Castor

Venado

Gato

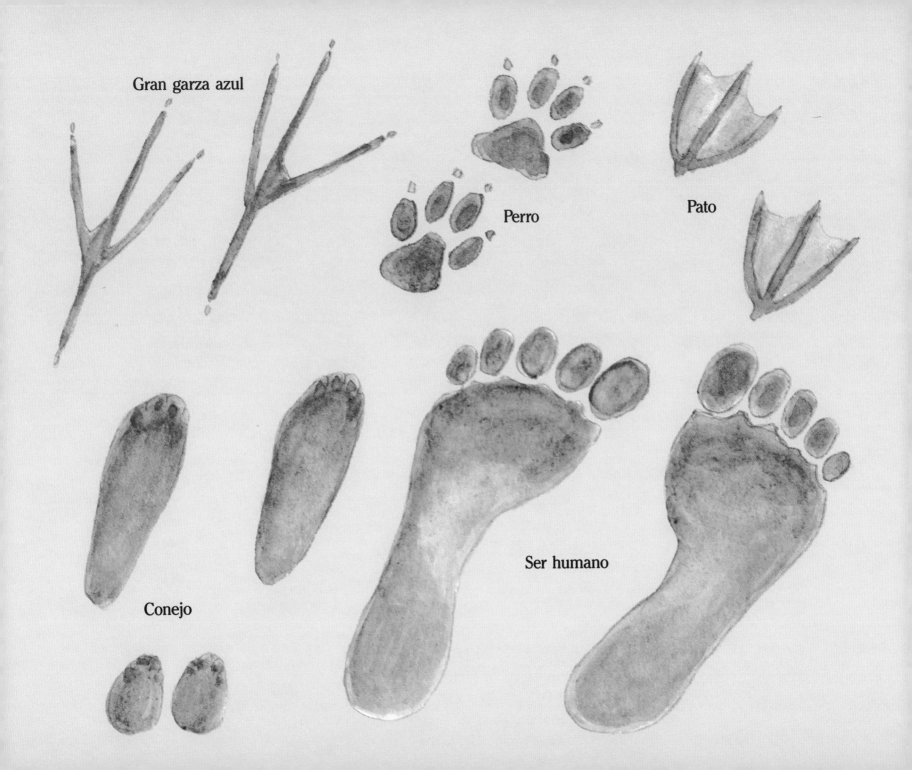

Gran garza azul

Perro

Pato

Conejo

Ser humano